NOTE BOOK
丸森クンペイ

クンペイの探偵《たんてい》ノート
ことわざで謎《なぞ》をとけ！

昼田弥子 作
クリハラタカシ 絵

もくじ

BNB

プロローグ

よもやも駅《えき》のそばに穴《あな》がある。
コーヒーショップ「穴《あな》」である。
店がまえはひんそう。
コーヒーの味《あじ》はそこそこ。
けれど、バウムクーヘンがなかなか
おいしい。

「はい、おまちどおさま」

「穴《あな》」の店主《てんしゅ》が、窓辺《まどべ》のテーブル席《せき》の男女のもとに、ホットコーヒーとバウムクーヘンを運《はこ》んだ。

「まあ、ありがとうございます」

メガネをかけた女は、笑顔《えがお》で礼《れい》をのべた。

そして、コーヒーをすすり、店主《てんしゅ》がちゅうぼうにもどったのを見とどけたつぎのしゅんかん、

「で、先生！」

むかいの席《せき》の、ひょろりとした男をにらみつけた。

「原稿《げんこう》です！　つぎの原稿《げんこう》は進《すす》んでるんですか！　ほんとうに、毎度《まいど》、毎度《まいど》、毎度《まいど》しめ切りをやぶって！　先生、先生は『しめ切り』の意味《いみ》をご存知《ぞんじ》ですか！　最終期限《さいしゅうきげん》、原稿提出《げんこうていしゅつ》の最終期限《さいしゅうきげん》のことですよ！　こんなこと小学生でも知ってます！　朝日が東からでるくらいの常識《じょうしき》です！　それに、わたし、この前いいましたよね――」

　そういって、女はバッグから一冊《さつ》のマンガ雑誌《ざっし》をとりだすと、ある一コマを指《ゆび》さした。

「この少年です！」

その指《ゆび》の先には、なにやらノートにメモをとっている少年のすがた。

「この少年を、バウム探偵《たんてい》の助手《じょしゅ》として、また登場《とうじょう》させてください！　そうお伝《つた》えしてから、もう何話もすぎているっていうのに、いっこうにでてこないじゃないですか！」

女は、男にマンガ雑誌《ざっし》をつきつける。

すると、バウムクーヘンをフォークでぶつ切りにして、ほおばっていた男

は、めんどうくさそうに口をひらいた。

「いやぁ、まあ、さがしてはいるんだが……おれも、そんなにひまなわけじゃあ……」

「さがすってなんですか！」

間髪《かんはつ》をいれずに女はいった。

「先生はマンガ家です！　さがすんじゃなくて、描《か》くんです！」

すると、男はむすっと口をとがらせた。

「いや、だから、おれの本業《ほんぎょう》は探偵《たんてい》で——」

と、そのとき、カラコロと店のドアのベルがなり、お年よりたちが、がやがやと入店してきた。二人のそばのボックス席《せき》にじんどると、注文《ちゅうもん》そっちのけでおしゃべりをはじめる。

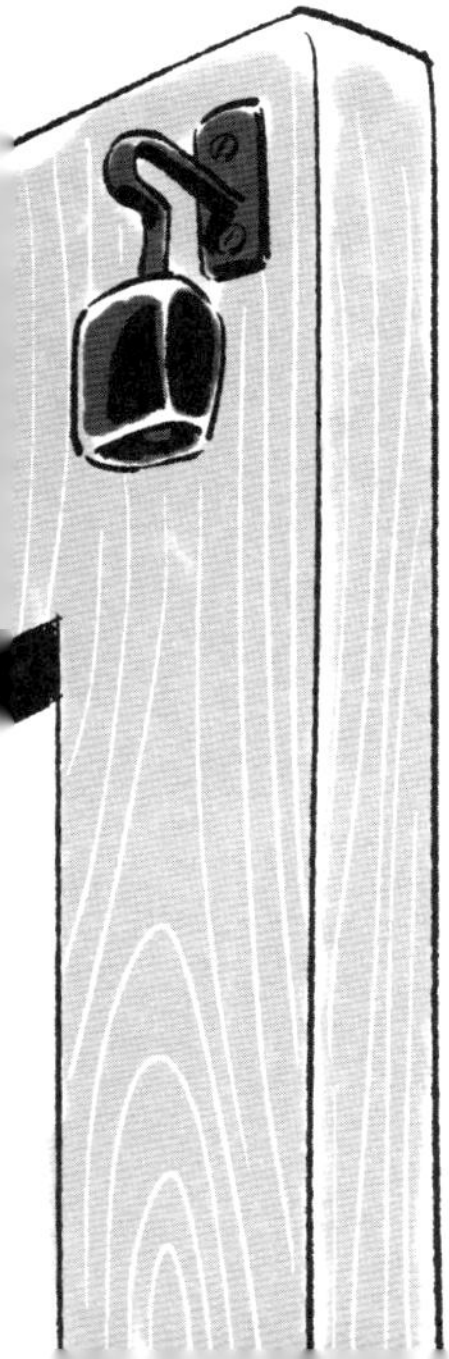

「まぁ、お孫《まご》さんが、それは心配《しんぱい》ねぇ」

「そうなんだよ。きゅうに元気がなくなってさ。ちっとも笑《わら》わないし、なんだか、やつれた顔をしちゃってね」

「そういえば、うちの近所《きんじょ》に住《す》んでいるおじょうちゃんも、最近《さいきん》、元気がないんだよなぁ」

「そうそう、わたくしのところのピアノ教室にきてる男の子もだわ。やつれた顔で、ふにゃふにゃにゃした音をだしちゃって」

「お孫《まご》さん、なにかのご病気《びょうき》？」

「それがさ、病院《びょういん》にいっても原因《げんいん》がさっぱりわから

ないみたいでね」

「へぇ、近所《きんじょ》のおじょうちゃんもそうみたいだよ。本人にきいても、よくわからないって話だよ」

「やぁね、きゅうに、どうしちゃったのかしら」

「わたくしたちは、こんなにピンピンしてるのに」

アハハハハッ！

お年よりたちはいっせいに笑《わら》うと、ようやくメニューをひらき、店の奥《おく》さんにつぎつぎと注文《ちゅうもん》していった。

「ふーむ、こりゃあ、なにかあるな。おもしろい」

お年よりたちの会話をぬすみぎきしていた男は、

あごに手をあてて、つぶやいた。
「いいえ、わたしは、なにもおもしろくありません！」
女は、メガネのむこうで目をむいた。
「いいかげん、編集者《へんしゅうしゃ》であるわたしの意見《いけん》をきいてください！
この少年をとっとと助手《じょしゅ》に──」
と、そのときだ。
店の前の通りを、みつあみの女の子が、ふらふらと
とおりすぎていった。
やつれた顔で、ひどく元気のないようす。
「おっ、これは！」
男は席《せき》からすばやく立ちあがった。

「ちょっと、先生！」

しかし、男はきいていない。

「とにかく助手《じょしゅ》に――！」

女の声をふり切るように店をとびだすと、みつあみの女の子のあとをすたこらおいかけていったのだった。

第《だい》一章《しょう》 ダイちゃんの異変《いへん》

ここは、よもやも小学校。

「じゃあ、この前のテストを返《かえ》すぞー」

授業《じゅぎょう》のおわりに、四年一組の教室で国語の小テストが返却《へんきゃく》された。

教壇《きょうだん》の前で、先生からテスト用紙をうけとった丸森《まるもり》クンペイは、思わずその場でとびはねた。

なんと一〇点満点《まんてん》！

「がんばったな、丸森《まるもり》」

先生も笑顔《えがお》だ。

クンペイはスキップしながら席《せき》にもどると、満点《まんてん》のテスト用紙をニヤニヤとながめた。それから、ズボンのポケットから、手のひらサイズのノートをとりだすと、その表紙《ひょうし》をなでてつぶやいた。

「今回はラッキーだったなぁ」

じつはクンペイ、勉強《べんきょう》ができない。やる気もない。

そんなクンペイが満点《まんてん》をとれたのは、このノートのおかげだ。

クンペイは、学校の勉強《べんきょう》はまったくといってもいいほどしないのだが、自分が気になったことは夢中《むちゅう》でしらべて、どんどんノートにメモをとっていく。

最近《さいきん》、しらべていたのは、ことわざと慣用句《かんようく》。

そして、今回の小テストの内容《ないよう》も、ことわざと慣用句《かんようく》。

つまり、クンペイが一人で勝手《かって》にしらべていたことが、運《うん》よくテスト勉強《べんきょう》になっていたわけだ。

よし、それじゃあ、クンペイのノートをちょっとのぞいてみようか。

朝日が西からでる
(意味《いみ》)とうていおこるはずがないことのたとえ。
(例文《れいぶん》)丸森《まるもり》クユミが丸森《まるもり》クンペイをほめるなんて、朝日が西からでるようなことだ。

ほっぺたが落《お》ちる
(意味《いみ》)とってもおいしいことのたとえ。
(例文《れいぶん》)丸森《まるもり》クユミの作る料理《りょうり》とはちがって、丸森《まるもり》クンペイの料理《りょうり》はほっぺたが落《お》ちるほどおいしい。

タダより高い物《もの》はない

（意味《いみ》）無料《むりょう》で物《もの》をもらったりすると、あとからそれ以上《いじょう》の対価《たいか》をはらうことになって、かえって高くつくこと。

（例文《れいぶん》）丸森《まるもり》クンペイが丸森《まるもり》クユミにタダで宿題《しゅくだい》を教えてもらったら、風呂《ふろ》のそうじ当番を一か月も交代《こうたい》させられた。まったく、タダより高い物《もの》はない。

情《なさ》けは人のためならず

（意味《いみ》）人に親切にすると、その相手《あいて》のためになるだけでなく、めぐりめぐって、自分にもよい報《むく》いが返《かえ》ってくること。

（例文《れいぶん》）情《なさ》けは人のためならずというが、丸森《まるもり》クユミに親切にしても、なんの報《むく》いも返《かえ》ってこないだろう。

と、こんなぐあいで、ことわざや慣用句《かんようく》について何ページにもわたってメモしてある（あ、ちなみに「丸森《まるもり》クユミ」とはクンペイのお姉さんのことだよ）。

さて、ノートをながめていたクンペイは、ふとある男のことを思いだした。ひょろりと背《せ》の高い、自称探偵《じしょうたんてい》のあやしい男のことを。

数か月前、クンペイはこの男とぐうぜん出会い、よもやも小学校からこつぜんと消《き》えた銅像《どうぞう》の行方《ゆくえ》をともにおったのだ。クンペイはてっきり、銅像《どうぞう》はぬすまれたのだと思っていた。

だが、真相《しんそう》はちがった。なんと銅像《どうぞう》はみずからにげだしたのだった。

クンペイは窓《まど》の方に顔をむけて、銅像《どうぞう》の建《た》っていた裏庭《うらにわ》をぼんやりながめた。そこには台座《だいざ》がのこっているだけで、銅像《どうぞう》はもどってきていない。

あの男は、この世《よ》では、ときにふつうじゃないことがおこるのだといっていた。豚《ぶた》が空をとんだり、朝日が西からでたりするもんなんだと。

しかし、クンペイはいまだにあの事件《じけん》を信《しん》じ切れないでいる。自分は夢《ゆめ》でも見ていたんじゃないかと思う。

ただ、あの男の言葉《ことば》が気になって、ついつい意味《いみ》をしらべているうちに、いつのまにか、ことわざや慣用句《かんようく》にすっかりはまっていたのだった。

キーンコーンカーン。

授業《じゅぎょう》のおわりのチャイムがなった。

「あっ、そうだ。ダイちゃんにじまんしよっと」

クンペイはテストを手に、いそいそと、友だちのダイちゃんの席《せき》にむかった。

「ほら、見てよ」

クンペイはダイちゃんの目の前に、テスト用紙をつきだした。

しかし、ダイちゃんはなにもいわない。うつろな表情《ひょうじょう》で、席《せき》にぼんやりとすわっている。ふだんなら、目を見ひらいて「すっげー！」といっ

てくれそうなものなのに。

（よっぽどテストの点がわるかったのかな……）

クンペイは、ダイちゃんの手元のテスト用紙をそっとのぞいた。

三点。

いつもどおりだ。ダイちゃんは、クンペイとおなじく勉強《べんきょう》ができない。

「なんか元気ないね。どうしたの？」

しかしダイちゃんは、はぁ、と弱々《よわよわ》しくため息《いき》をつくだけで、その顔は、ひどくやつれている。

（そうか、おなかがすいてるのかも……）

だったら、給食《きゅうしょく》の時間になれば元気になるはず。ダイちゃんは食いしん坊《ぼう》だ。しかも今日のデザートは、ダイちゃんの好《す》きなフルーツポンチだ。

ところが、給食《きゅうしょく》の時間になっても、ダイちゃんのようすはかわらなかった。おまけに、給食《きゅうしょく》にほとんど手をつけようともしないのだ。かろうじてフルーツポンチは一口食べたのだが、いつもなら「うっめー！」と満《まん》面《めん》の笑《え》みになるはずが、はぁ、とため息《いき》をつくだけだ。

いったい、なにがおこっているのだろう。ダイちゃんに食欲《しょくよく》がないなんて、朝日が西からでるくらいありえない。

「ダイちゃん、ほんとにどうしたんだよ」

クンペイは何度《なんど》も声をかけてみた。

けれど、ダイちゃんはしゃべる気力もないのか、なにもこたえてくれない。学校がおわると、一人でふらふらと帰っていってしまった。

クンペイもしかたなく帰宅《きたく》した。
ダイちゃんにじまんできなかったぶん、夕飯《ゆうはん》の時間に、家族《かぞく》に満点《まんてん》を
じまんした。

「へえ、クンペイがねぇ」

からあげにレモンをしぼりながら、姉のクユミがつぶやいた。

「ようやく塾《じゅく》の成果《せいか》がでたわけだ」

からかうように目を細める。

「ちがうよ、ノートのおかげ。ちょうど、ことわざとか慣用句《かんようく》をしらべてたんだ」

クンペイは、むっとクユミを見返《みかえ》した。

クンペイは週に一度《いちど》塾《じゅく》にかよっているのだが、もちろん、そこでもろくに勉強《べんきょう》していない。

「ふーん、じゃあ、今回はまぐれだね」

「あっ、それは……」

クンペイがいい返《かえ》せず言葉《ことば》をつまらせると、

「まあまあ、いいじゃない」

お母さんが、二人のあいだにわってはいった。

「クンペイ、この調子《ちょうし》でがんばって」

あげたてのからあげを、クンペイとクユミのお皿《さら》に追加《ついか》した。

しかし、クンペイの気はおさまらない。夕飯《ゆうはん》のあと、むすっとしたまま部屋《へや》にいこうとすると、お父さんがそっと近づいてきた。

「お姉ちゃんには、ないしょだぞ」

そういって、こっそりおこづかいをくれたのだった。

第《だい》二章《しょう》
探偵《たんてい》あらわる

つぎの日、学校にいくと、ダイちゃんはあいかわらず元気がないままだった。ますますやつれた顔をして、クンペイが声をかけても、やっぱり返事《へんじ》がない。

しかも、クラスの中に、ダイちゃんとおなじように、やつれて元気のない子がふえていた。

（もしかして、なにか病気《びょうき》がはやってるのかな……）

クンペイは、ダイちゃんやその子たちのことが気になって、いつも以《い》上《じょう》に勉強《べんきょう》に身《み》がはいらなかった。

「あーあ」

学校のあと、クンペイはため息《いき》をつきながら塾《じゅく》にむかった。

クンペイのかよう学習塾《がくしゅうじゅく》は、よもやも駅《えき》の近くにあって、クンペイの住《す》んでいる団地《だんち》から十五分ほどかかる。

だらだら歩いているうちに、塾《じゅく》のビルが見えてきた。となりには、「穴《あな》」という、くたびれたコーヒーショップがある。

（いつも思うけど、へんな名前）

そんなことを心の中でつぶやいていた

そのとき、クンペイは、あれ？とあることに気がついた。

通りに、おなじ塾《じゅく》の子たちのすがたがあるのだが、その子たちのようすがどうもおかしい。

みんな、まるでダイちゃんみたいに元気がないのだ。

いつも笑顔《えがお》の女の子、いつも走りまわっている男の子、いつもおしゃべりしている女の子……。みんな、そろってやつれた顔をしている。

（どうしたんだろう、みんなきゅうに……）

クンペイが、いぶかしく思っていたそのとき、

「なるほど、これですっかりわかった！」

塾《じゅく》の方から、大きな声がした。

どこかカンにさわるようなその声に、クンペイは思わずそっちを見た。

そして、あっ、と声をあげた。

あの男だ。

ひょろりと背《せ》の高い、自称探偵《じしょうたんてい》のあやしい男。そう、たしか名前は番《ばん》場《ば》といった。

その番場《ばんば》が、塾《じゅく》の入り口の前で、みつあみの女の子の肩《かた》をつかんで、なにやらわめいている。

その女の子もやっぱり、やつれて元気がない。

「いいか、子どもたちの元気がない原因《げんいん》はこの塾《じゅく》だ！　この塾《じゅく》で、子どもたちはエネルギーを吸収《きゅうしゅう》されて、げっそりやつれてるんだ！　病院《びょういん》では原因不明《げんいんふめい》といわれているらしいが、おれの目はごまかせない！　この建物《たてもの》を見たしゅんかんビビッときた！　まったく学校の外でまで勉強《べんきょう》なんてするからだ！　ああ、ほんとうに最近《さいきん》の子どもときたら！」

いったい、この人はなにをいっているのか。クンペイは、たまらず番《ばん》場《ば》のもとにかけよった。

「でも、ダイちゃんは塾《じゅく》にいってないけど元気がないよ！」

「ん、なんだ？」

番場《ばんば》がくるりとこちらをむく。

「だから、ぼくの友だちのダイちゃんは塾《じゅく》にかよってないけど、この子とおんなじように元気がないんだ」

すると番場《ばんば》は、クンペイの顔を見つめてニヤリと笑《わら》った。

「おお、少年」

ふるえている女の子の肩《かた》から手をはなし、今度《こんど》はクンペイの肩《かた》にぽんと手をおいた。

「こんなに近くにいたのか、ちょうどいい」

「ちょうどいい？」

「うむ、少年はこれからおれの助手《じょしゅ》として、仕事《しごと》のサポートをするんだ」

「……へ？」

クンペイはあぜんとした。どうして、そんなことをしなくてはならないのか。

「まあ、おれほど直感《ちょっかん》のすぐれた探《たん》偵《てい》にもなれば、助手《じょしゅ》がいなくてもまったく問題《もんだい》ないんだが。しかし、前回の少年のノートはまああ役《やく》に立ったから、手伝《てつだ》いをさせてやるのもわるくないと思ってな。ほら、少年は、ちまちまとしらべものをするのがとくいだろ」

そうだ。クンペイはこの男と銅像《どうぞう》の行方《ゆくえ》をおったとき、銅像《どうぞう》のモデルの人物《じんぶつ》のことや、事件《じけん》の詳細《しょうさい》につい

てノートにまとめたのだ。

「今、おれは新たな事件《じけん》をおっている。少年、今回も協力《きょうりょく》させてやってもいいぞ。そうだな、まずはそのダイちゃんとやらの情報《じょうほう》を……」

「や、やだよ！　助手《じょしゅ》なんて！」

クンペイはくるりと背《せ》をむけた。

「おい、まて少年！」

おいかけてくる番場《ばんば》から、いちもくさんににげだした。

第《だい》三章《しょう》
かしこい男の子

「ふうっ」

クンペイは商店街《しょうてんがい》の脇道《わきみち》ににげこんで、大きく息《いき》をついた。

「まさか、あのへんな探偵《たんてい》にまた会うなんて……」

そっと脇道《わきみち》から顔をのぞかせて、あたりのようすをうかがった。番場《ばんば》のすがたは見あたらない。どうやら、うまくにげ切れたようだ。

「で、これからどうしよう……」

塾《じゅく》はもうはじまっている。早くもどらなければならないが、もしかし

たら、番場《ばんば》がまちぶせしているかもしれない。それに、そもそも塾《じゅく》はあまりいきたい場所《ばしょ》でもない。

「あーあ」

昨日《きのう》は運《うん》よく満点《まんてん》をとれたのに、今日はまったくついていない。

それにしても、ダイちゃんや学校の子たちだけじゃなく、塾《じゅく》の子たちまで元気がないなんて、いったいなにがあったんだろうか。

(やっぱり、なにか病気《びょうき》かな?)

しかし、さっき番場《ばんば》は原因不明《げんいんふめい》だといっていた——。

(どうも、気になるな)

クンペイは、ズボンのポケットから、ノートとボールペンをとりだすと、知っている情報《じょうほう》をまとめはじめた。

・昨日《きのう》から、きゅうにダイちゃんの元気がなくなった。やつれた顔で食欲《しょくよく》がない。

・今日は、クラスの子たちと塾《じゅく》の子たちも、元気をなくしていた。ダイちゃんとおなじようにやつれた顔。

・病院《びょういん》では原因不明《げんいんふめい》だといわれている。

「うーん」

メモを書きおえたクンペイは、ボールペンのうしろでぽりぽりと頭をかいた。

これだけじゃ、なにもわからない。原因《げんいん》をつきとめるには、もっと手がかりが必要《ひつよう》だ。

クンペイはノートから顔をあげた。

「よーし、ちょっとしらべてみよ」

そろりと脇道《わきみち》からでてると、あたりを警戒《けいかい》しながら歩きだした。

一番いいのは、元気のない子に直接《ちょくせつ》きくことだ。しかし、ダイちゃんは説明《せつめい》をする気力もないようだった。

「ほかの子は、どうだろう……」

ぶつぶついいながら歩いていると、むこうからメガネをかけた男の子が、とぼとぼとした足どりでやってきた。

「ねえ！」

クンペイは思い切って声をかけてみた。

男の子は足をとめて、ちらりと顔をあげた。

「……なんですか？」

おなじ小学校の二年生の子だ。思ったとおり元気のない顔をしている。ただ、ダイちゃんやほかの子たちとは、少しようすがちがう。表情《ひょうじょう》は暗《くら》いが、顔はふっくらしているのだ。

「えーっと……元気がなさそうだから気になって。なにかあったの？」

クンペイがたずねると、

「お姉ちゃん」

男の子はぽつりといった。

「お姉ちゃん？」

クンペイの頭に、クユミの顔がうかんだ。

「もしかして、お姉ちゃんにいじめられたの？」

すると、男の子は小さく首をふった。

「元気がないのは、ぼくのお姉ちゃんなんだ。おととい、お姉ちゃんは、近所《きんじょ》に住《す》んでるおばあちゃんのところにお手《て》伝《つだ》いにいったんだけど、それから、きゅうに元気がなくなって。いつも顔をまん丸にしてにこにこ笑《わら》ってたのに、今はやつれちゃって暗《くら》い表情《ひょうじょう》で、もう青菜《あおな》に塩《しお》なんだ……」

「青菜《あおな》に塩《しお》？」

ききなれない言葉《ことば》に、クンペイは思わずたずねた。

「元気をなくして、しょぼんとしているようすのことだよ」

「ふぅん」

クンペイは二年生なのによく知っているなと感心《かんしん》しながら、「あ、それで」と話をうながす。

「うん、それでね、お父さんとお母さんが、なにがあったのかきいたんだけど、お姉ちゃん、ため息《いき》をつくだけでこたえてくれなくて、それで、ぼく、すごく心配《しんぱい》で……」

男の子は、すん、と悲《かな》しげに鼻《はな》をすすった。

「そっか、教えてくれてありがとう」

クンペイは、はげますように男の子の背中《せなか》をたたいた。

「お姉さん、元気になるといいね」

男の子は力なくうなずいて、また、とぼとぼと歩いていった。

男の子のすがたが見えなくなると、クンペイはふたたびノートをひらいた。
（へーっ、世《よ》の中には、なかのいい姉と弟もいるんだなぁ！）
ちょっと信《しん》じられない気持《きも》ちで、男の子からきいたことをメモしていく。

二年生の男の子のショウゲン

・おととい、お姉さんが、近所《きんじょ》に住《す》んでいるおばあさんの家にお手《て》伝《つだ》いにいったが、それから、きゅうに元気がなくなった。

・お姉さんは、いつも顔をまん丸にして笑《わら》っていたが、今はやつれて青菜《あおな》に塩《しお》（「青菜《あおな》に塩《しお》」は、元気をなくして、しょぼんとしているようすのこと）

「うーん」

クンペイはノートをにらみながら、歩きだした。

「もしかして、おばあさんのところでなにかあったのかな？　でも、どんなことが……」

考えているうちに、いつのまにか、よもやも小学校のそばにきていた。

と、そのとき、どこからか話し声がした。

第《だい》四章《しょう》
洋品店《ようひんてん》のおばさん

「ほんとに、どうしちゃったのかしらっ。子どもたちっ」

「そうよねぇ、きゅうに元気をなくしてしまって」

見ると、学校のそばの洋品店《ようひんてん》のおばさんが、店の前でお客《きゃく》と立ち話をしている。

「それじゃあ、またくるわ」

お客《きゃく》は、おばさんに手をふり帰っていった。

クンペイは、おばさんのところにかけよった。

「さっきの話、もうちょっとくわしくきかせてください！」

「あらっ、どうしたの?」

洋品店《ようひんてん》のおばさんは、いぶかしげな顔をする。

「えっと、その、ぼくの友だちも元気がなくて気になってて……」

すると、おばさんは、

「まっ、それは心配《しんぱい》ねぇ」

と、きゅうにやさしい口調《くちょう》になると、店頭にならんだ服《ふく》をたたみなおしながら、いつもの早口でしゃべりはじめた。

「ええっとね、ひと月くらい前から、子どもたちがやつれた顔をして、店の前をふらふら歩いてるのを、ときどき見かけるなって思ってたんだけど、それから、雨後《うご》のたけのこみたいに、どんどんふえてって――」

「雨後《うご》のたけのこ?」

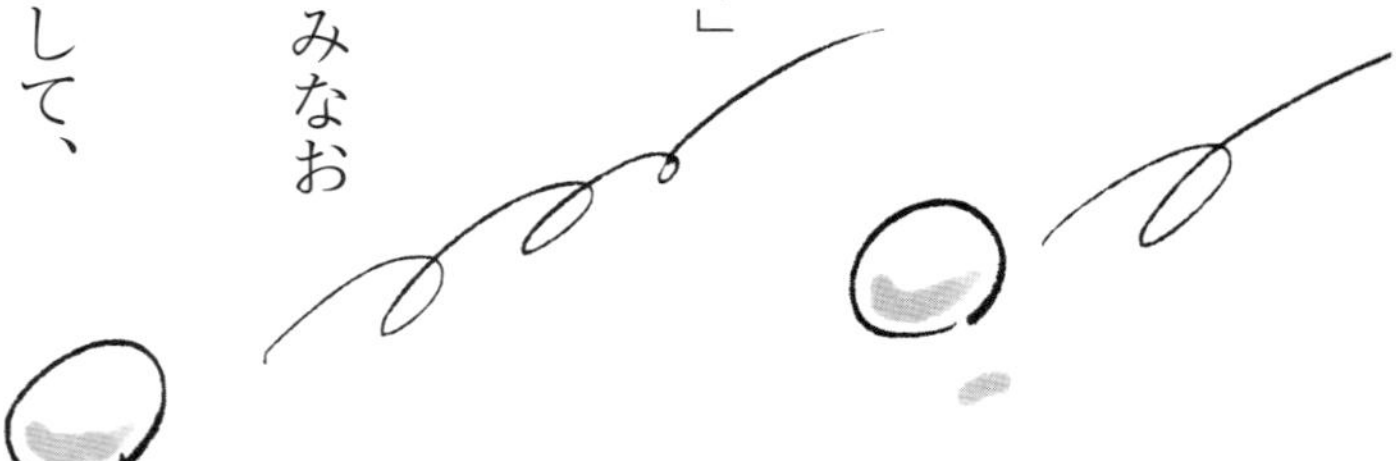

クンペイは思わずたずねた。

「あっ、おんなじような物《もの》ごとがつぎつぎにおこることよ」

「へえー、あっ、ほかに気になることはありませんか？」

「うん、それでねっ。そのころから、小さくって白っぽいボールみたいなものが、道をコロコロころがってるのを見かけるようになったのよっ」

ん？　ボール？

「あと、そうそう！　数か月前に、店先から雨ガッパがぬすまれたんだけど、なんとなんと、もどってきたのよっ。まあ、もどってきたところで、もう商品《しょうひん》にはならないんだけどねっ。いったい、なんのためにとっていったんだか。もう、まったく！」

雨ガッパ！

クンペイは、この前の事件《じけん》のことを思いだした。その雨ガッパは、たしか銅像《どうぞう》が変《へん》装《そう》するためにぬすんだものだ。けれど、銅《どう》像《ぞう》はなかなか律儀《りちぎ》な性格《せいかく》で、「キットカエス」とメッセージをのこしていたのだった。

（そうか、ほんとうに返《かえ》しにきたんだ……）

クンペイはちょっとびっくりした。

「はいっ、これでおしまいねっ」

服《ふく》をぜんぶたたみおえた、おばさんがいった。

クンペイはお礼《れい》をいって店をあとにすると、歩きながら、おばさんからきいた話をノートにまとめた。

洋品店《ようひんてん》のおばさんのショウゲン
・ひと月ほど前から、店の前を、やつれた顔の子どもたちがふらふらと歩いているのを見かけるようになったと思ったら、雨後《うご》のたけのこのようにふえていった。
(「雨後《うご》のたけのこ」は、おなじような物《もの》ごとがつぎつぎとおこること)
・そのころから、小さくて白っぽいボールのようなものが道をころがっているのを見かけるようになった。

「そうか、ひと月くらい前からか……。あ、でも、このボールみたいなものってなんだろう。みんなの元気がないことと、なにか関係《かんけい》あるのかな……」

考えているうちに、川ぞいの土手の道にでた。

カコーンッ。

河川敷《かせんしき》で、お年よりたちがゲートボールをしている。スティックでうたれた赤い玉が、まっすぐゲートをくぐっていく。

「おお、いいぞ！」

「ナイス、ナイス！」

子どもたちとは反対《はんたい》に、お年よりたちは元気がいい。

そういえば、さっきの男の子のお姉さんは、おばあさんの家にお手伝《てつだ》いにいったあと、きゅうに元気がなくなったのだ。

クンペイは、ふと、塾《じゅく》の前でわめいていた番場《ばんば》のセリフを思いだした。

——この塾《じゅく》で、子どもたちはエネルギーを吸収《きゅうしゅう》されて、げっそりやつれてるんだ！

「もしかして、塾《じゅく》じゃなく、お年よりが子どもたちの……」

クンペイはハッとして首をふった。

そんなことあるわけないじゃないか。あのへんな探偵《たんてい》のせいで、自分までおかしなことを考えてしまっている。

カコーンッ。

今度《こんど》は白い玉がころがっていき、コートに止まっていた赤い玉とぶつかった。

クンペイは、ふたたびこんなことを考えた。

さっき洋品店《ようひんてん》のおばさんがいっていた「小さくて白っぽいボールみたいなもの」というのが、もし、このゲートボールの白い玉だったとしたら……。

「やっぱり、なにか関係《かんけい》あるのかも」

クンペイは、いそいで河川敷《かせんしき》にかけおりた。

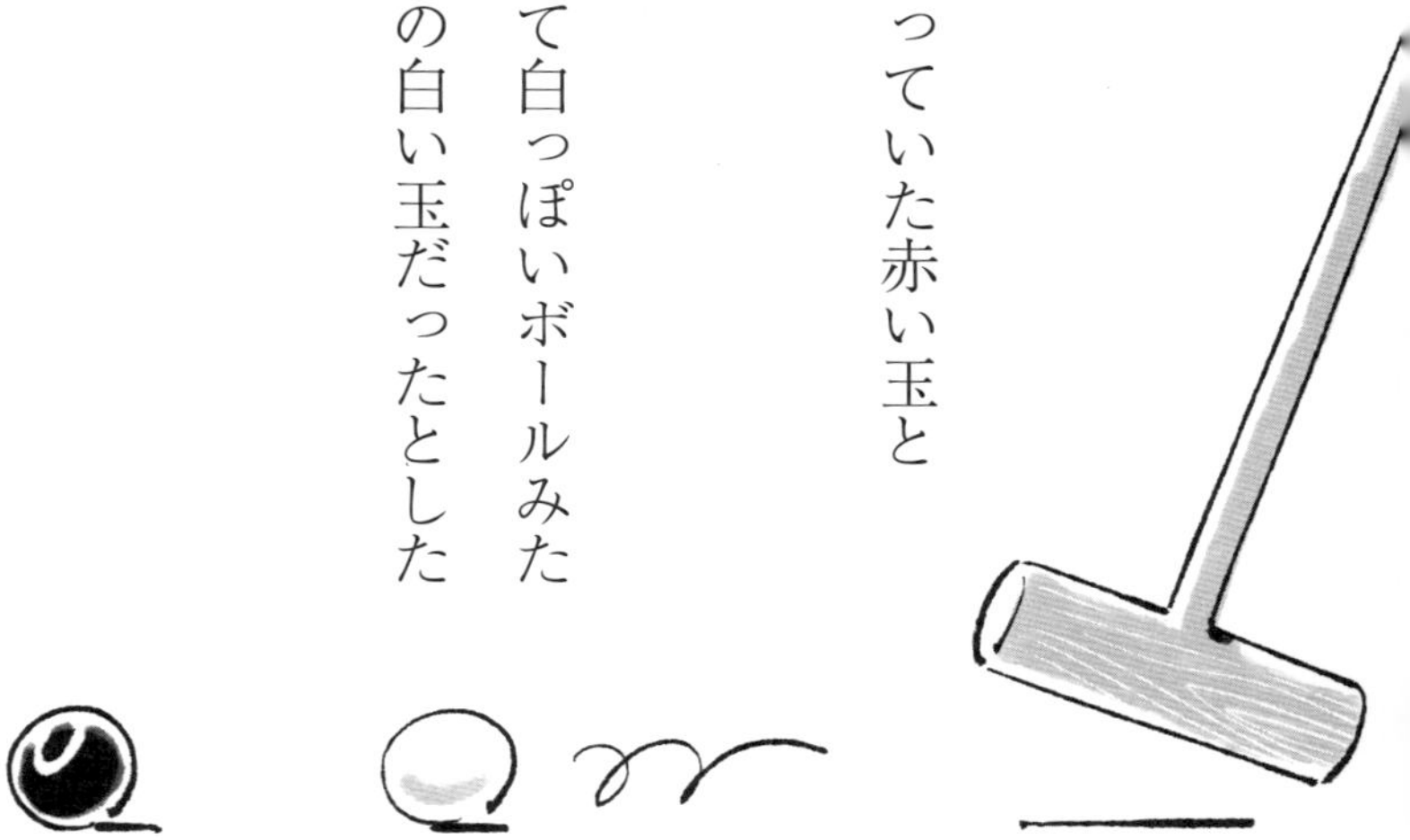

第《だい》五章《しょう》　三人のお年より

「すみません！」

クンペイは、ベンチにすわって声援《せいえん》をおくっている三人のお年よりに声をかけた。

「おお、どうした？」

右はしにすわった角刈《かくが》りのおじいさんが、こっちをむいた。

「えっと、その……」

クンペイは、なんと切りだそうかと考えた。

まさか、子どもたちの元気がないことと、お年よりたちのあいだに、なにか関係《かんけい》があるんじゃないかとうたがってるんです、なんて正直にいうわけにはいかない。

「あの……学校で、町のお年よりにインタビューするって宿題《しゅくだい》がでてて……」

クンペイがうそをつくと、

「あらあ、そうなの？」

と、真《ま》ん中にすわったオカッパ頭のおばあさん。

「いいとも、なんでもきいてくれ」

と、左はしにすわった赤い野球帽《やきゅうぼう》のおじいさん。

クンペイはひとまずほっとして、ノートをひらいた。

料金受取人払郵便

神田局承認

5066

差出有効期間
2026年8月31日
まで

（期間後は切手をおはりください。）

郵便はがき

101-8791

917

東京都千代田区西神田3-2-1

あかね書房愛読者係行

ご住所	〒□□□-□□□□ 都道府県		
TEL	（　　）	e-mail	
お名前	フリガナ		
お子さまのお名前	フリガナ		

ご記入いただいた個人情報は、目録や刊行物のご案内をお送りするために利用し、その他の目的には使用いたしません。また、個人情報を第三者に公開することは一切いたしません。

愛読者カード

ご愛読ありがとうございます。今後の出版企画の参考にさせていただきますので、お手数ですが、皆様のご意見・ご感想をお聞かせください。

の本の書名

齢・性別　　　　　(　　　　　)歳　　　　　　　　　　　　男 ・ 女

の本のことを何でお知りになりましたか？

. 書店で（書店名　　　　　　　　）　2. 広告を見て（新聞・雑誌名　　　　　　）

. 書評・紹介記事を見て　4. 図書室・図書館で見て　5. その他(　　　　　　)

の本をお求めになったきっかけは？（○印はいくつでも可）

. 書名　2. 表紙　3. 著者のファン　4. 帯のコピー　5. その他 (　　　　　)

好きな本や作家を教えてください。

の本をお読みになった感想、著者へのメッセージなど、自由にお書きください。

感想を広告などで紹介してもよろしいですか？　(はい ・ 匿名ならよい ・ いいえ)

協力ありがとうございました。

「えっと、それじゃあ、みなさんの健康《けんこう》のひけつはなんですか？　あと、最近《さいきん》の子どもたちについて思うことや、アドバイスはありますか？」

するとまずは角刈《かくが》りのおじいさんが、

「そうだな、健康《けんこう》のひけつは、やっぱりこのゲートボールだなあ。ひと月くらい前から、みんなとはじめたんだが、仲間《なかま》とわいわいやるのが楽しいんだ。朱《しゅ》にまじわれば赤くなる。仲間《なかま》から元気をもらってるよ」

「朱《しゅ》にまじわれば赤くなる？」

クンペイは思わずたずねた。

「ああ、人はつきあう友だちによって、よくもわるくもなるってことだ」

「へぇー」

「あと、そうだ、おれは自宅《じたく》の庭《にわ》でもゲートボールの練習《れんしゅう》をしてるんだが、近所《きんじょ》の子たちがつきあってくれるんだ。それも楽しくてね。ほら、近ごろの子は、塾《じゅく》や習《なら》いごとなんかでいそがしくて、友だちと遊《あそ》ぶ時間がないっていうだろ。それで元気がないんじゃないかな。みんなと楽しく交流《こうりゅう》するのが一番だ」

「なるほど、なるほど」

クンペイはメモしていく。

つぎは、オカッパ頭のおばあさん。

「わたしはね、さかだち健康法《けんこうほう》。ひと月くらい前に、朝のニュース番組で見てはじめたの。なんでも、表《おもて》にはすがたをだせないくらいえらい先生が、この健康法《けんこうほう》をあみだしたそうよ。夫《おっと》からは、いわしの頭も信心《しんじん》から、なんていわれてるんだけど」

「いわしの頭も信心《しんじん》から？」

クンペイは思わずたずねた。

「えっとね、信《しん》じれば、いわしの頭みたいにつまらないものでも、ありがたく思われる、って意味《いみ》よ」

「ほぉ」

「そう、それでね、近所《きんじょ》に住《す》んでる孫《まご》にたのんで『だれでもかんたんさかだち健康法《けんこうほう》』っていう雑誌《ざっし》を買ってきてもらって、それを見ながらやってるの。ああ、それから、わたし思うんだけど、最近《さいきん》の子どもは運動不足《うんどうぶそく》なのよ。その子たちもさかだちをしたら、頭も体もしゃっきりするんじゃないかしら」

「なるほど、なるほど」

クンペイはメモしていく。

最後《さいご》は、赤い野球帽《やきゅうぼう》のおじいさん。

「ぼくは、あまいものを食べることだね。最近《さいきん》、『舌鼓《したつづみ》』って移動販売《いどうはんばい》のだんご屋《や》が気にいってて。ひと月ほど前から見かけるようになったんだけど、ほんとうに舌鼓《したつづみ》をうつくらいうまいって評判《ひょうばん》なんだ」

「舌鼓《したつづみ》をうつ？」

クンペイは思わずたずねた。

「ああ、おいしいものを食べたり飲《の》んだりして思わず舌《した》をならすことだ」

「ふぅん」

「でも、どこで売ってるんだか、よくわからなくてさ。そしたら、孫《まご》がスマホでしらべてくれて、ぶじに買えたよ。そうそう、そこのだんご屋《や》は、だんごのおいしさを広めたくて、子どもたちには、タダでくばってるらしいんだけど、あそこのだんごを食べたら、子どもたちも元気になると思うんだよなあ」

「なるほど、なるほど」

クンペイはメモをまとめた。

お年よりの健康《けんこう》のひけつと
子どもへのアドバイス

一人目　角刈《かくが》りのおじいさん
【ひけつ】仲間《なかま》とゲートボールをすること。ひと月ほど前からはじめた。朱《しゅ》にまじわれば赤くなる。仲間《なかま》から元気をもらっている。近所《きんじょ》の子たちが練習《れんしゅう》につきあってくれている。（「朱《しゅ》にまじわれば赤くなる」は、人はつきあう友だちによって、よくもわるくもなるということ）
【アドバイス】最近《さいきん》の子どもは、習《なら》いごとなどでいそがしい。友だちと交流《こうりゅう》するのが一番。

二人目　オカッパ頭のおばあさん

【ひけつ】さかだち健康法《けんこうほう》。ひと月ほど前にテレビで見てはじめた。夫《おっと》からは、いわしの頭も信心《しんじん》から、といわれる。さかだち健康法《けんこうほう》の雑誌《ざっし》を孫《まご》に買ってきてもらった。（「いわしの頭も信心《しんじん》から」は信《しん》じれば、いわしの頭のようにつまらないものでも、ありがたく思われるということ）

【アドバイス】最近《さいきん》の子どもは運動不足《うんどうぶそく》。さかだちをすれば、頭も体もしゃっきりする。

三人目　赤い野球帽《やきゅうぼう》のおじいさん

【ひけつ】あまいものを食べること。ひと月ほど前から見かけるようになった、「舌《した》鼓《つづみ》」という移《い》動《どう》販《はん》売《ばい》のだんご屋《や》はほんとうに舌鼓《したつづみ》をうつほどおいしいと評判《ひょうばん》。孫《まご》が店の場所《ばしょ》をしらべてくれた。（「舌鼓《したつづみ》をうつ」は、おいしいものを食べたり飲《の》んだりして思わず舌《した》をならすこと。）

【アドバイス】「舌鼓《したつづみ》」ではだんごのよさを広めたくて、子どもには無料でくばっている。それを食べれば、子どもたちも元気になるはず。

メモをながめながら、クンペイはあることに気がついた。

（ゲートボールの練習《れんしゅう》につきあってもらったり、雑誌《ざっし》を買ってきてもらったり、だんご屋《や》の場所《ばしょ》をしらべてもらったり、全員《ぜんいん》、子どもになにかしてもらってる……。じゃあ、やっぱり、お年よりたちが、子どもたちのエネルギーを……）

「ぼうや、もう平気《へいき》かい？」

考えこんでいると、角刈《かくが》りのおじいさんが、笑顔《えがお》でたずねてきた。

クンペイは、とっさに目をそらした。

（でも、こんなやさしそうな人が、そんなことするわけ……）

と、そのときだ。

「見つけたぞ、少年！」

ふり返《かえ》ると、土手の上に、こっちを指《ゆび》さして立っている番場《ばんば》のすがたが。

「そこでまってろ！」

番場《ばんば》はさけびながら、はねるように土手をかけおりてくる。

「みなさん、ありがとうございました！」

クンペイはお年よりたちに頭をさげると、あたふたとかけだした。

が、さっきの商店街《しょうてんがい》とちがって、あたりにはかくれる場所《ばしょ》がない。

たちまち番場《ばんば》においつかれ、ノートをうばわれてしまった。

「返《かえ》してよ！」

クンペイはとびかかった。

「ほう。感心《かんしん》、感心《かんしん》」

番場《ばんば》は、ノートをもつ手を高くあげ、ぱらぱらとページをめくった。

「いいぞ、少年。助手《じょしゅ》として、ちゃんとメモをとっているじゃないか」

それから、ふむ、とつぶやき、ノートをとじると、あごに手をあてニヤリとした。

「よし、これで万事解明《ばんじかいめい》だ」

「なにが解明《かいめい》なんだよ！」

クンペイはどなった。

すると、番場《ばんば》はあきれたように肩《かた》をすくめた。

「少年、こんなにしらべたのに、まだわからないのか。いいか、ヒントは、このノートに書いてある、ことわざや慣用句《かんようく》だ」

そして、クンペイをなだめるように肩《かた》に手をおくと、

「では、少年、今日はそろそろ夕飯《ゆうはん》の時間だから、明日、おれの助手《じょしゅ》として同行してもらうことにしよう。それと、ひとつ忠告《ちゅうこく》だが──」

クンペイはジャンプして、ようやくノートをうばい返《かえ》した。

「だれが、いっしょにいくもんか！」

べーっと舌《した》をだして、かけだした。

第《だい》六章《しょう》 だんご屋《や》「舌《した》鼓《つづみ》」

あたりは、だんだん暗《くら》くなりはじめた。

番場《ばんば》は、どうやらもうおってこない。

「はぁ……今日はもう帰ろう」

クンペイは、つかれた足をひきずるように、団地《だんち》にむかって歩きはじめた。

すると、よもやも児童公園《じどうこうえん》のそばに、移動販売《いどうはんばい》の白いワゴン車がとまっているのが見えた。「舌鼓《したつづみ》」というのぼりがたっている。

赤い野球帽《やきゅうぼう》のおじいさんがいっていた、ほんとうに舌鼓《したつづみ》をうつほどお

いしいというだんご屋《や》だ。人気らしく、おそい時間なのに、人がまだならんでいる。

「そうだ。そんなにおいしいなら、ダイちゃんも食べるかも」

そうしたら、少しは元気になるかもしれない。

それに、昨日《きのう》おこづかいをもらったばかりでよゆうもある。

クンペイは列《れつ》にならんだ。やがて順番《じゅんばん》がやってくると、ショーケースをのぞき、みたらしだんごを手にとった。

「ぼうや、ぼうやには、こっちの特別《とくべつ》なだんごをあげよう」

とつぜん、「舌鼓《したつづみ》」の店主《てんしゅ》が声をかけてきた。

だんごみたいに色白で、もちっとしたほっぺたのおじさんだ。

「最近《さいきん》の子は、だんごなんてあんまり食べないだろ。おじさんは、

だんごのよさを広めたくて、子どもたちには、タダでくばってるんだ」

目を細めてニコリと笑《わら》う。

「えっ、でも……」

「いいから、いいから。おじさんは子どもたちの笑顔《えがお》が大好《だいす》きなんだ」

店主《てんしゅ》はそういうと、奥《おく》の方から、とうめいなパックにはいっただんごをとりだした。

大きくて、少し黄みがかった白いだんごが二つ串《くし》にささっている。つやつやとかがやいていて、なるほど、うわさどおりおいしそうだ――。

「ありがとうございます！」

クンペイは、だんごをうけとると、さっそくダイちゃんの家にむかった。

ピンポーン。
ダイちゃんの家にたどりつくと、クンペイはいそいそと玄関《げんかん》のチャイムをならした。

するとダイちゃんが、さらにやつれた顔で、ふらふらしながらあらわれた。

「ダイちゃん、これあげる。ほんとうに舌鼓《したつづみ》をうつくらいおいしいんだって」

クンペイは、とくいげにパックにはいっただんごをさしだした。

ところが、ダイちゃんは、

「……うっ！」

だんごをひと目見るなり、おなかをおさえて、家の中にひっこんでしまったのだ。

第《だい》七章《しょう》
クンペイの異《い》変《へん》

「ダイちゃん、ほんとにどうしたんだろ……」

夕飯《ゆうはん》のあと、クンペイは勉強机《べんきょうづくえ》にほおづえをついてつぶやいた。

もし、ダイちゃんがこのままだったら、もう二人で、『月刊《げっかん》コミックダンダン』の貸《か》し借《か》りをしたり、テストの点のわるさを笑《わら》いあったり、給食《きゅうしょく》の早食い競争《きょうそう》をしたりできないのだ……。

「えっ、そんなのつまんない！」

クンペイは、びっくりしてさけんだ。

やはり、ダイちゃんのためにも、子どもたちの元気がない原因《げんいん》をつきとめなくては。クンペイは、いそいで机《つくえ》の上にノートをひろげると、今日しらべたことを見返《みかえ》していった。

「えーっと、ひと月くらい前から、元気のない子どもたちがふえていって……子どもたちと交流《こうりゅう》のあるお年よりたちが、あやしい感《かん》じがするけど……あ、道をころがる白っぽいボールみたいなものっていうのは、ゲートボールのボールでいいのかな……でも、みんなの元気がないことと、どんな関係《かんけい》があるんだろ……うーん」

クンペイは、指《ゆび》でぽりぽり頭をかいた。

そういえば、あの探偵《たんてい》は原因《げんいん》がわかっているようだった。ことわざや慣用句《かんようく》がヒントだといっていたが、あんなあやしい人間のいうことがあてになるとは思えない。

「あ、でも、この前の事件《じけん》の推理《すいり》はあたってたしなぁ……」

いちおう、メモしたことわざや慣用句《かんようく》を確認《かくにん》してみた。しかし、いくらながめても、どうヒントになっているのか、さっぱりわからない。

ぐぅ。

ふいにおなかがなった。今日は番場《ばんば》からにげまわって体力をつかったせいで、夕飯《ゆうはん》だけではたりないのだ。

「そうだ、だんごがあるんだった」

思いだしたクンペイは、さっそくパックからだんごをとりだした。

串《くし》にささった二つのだんごは、部屋《へや》の明かりにてらされて、ぴかぴかとかがやいている。

「これが、ほんとうに舌鼓《したつづみ》をうつほどおいしいっていうだんご……」

クンペイは少しドキドキしながら、一つ目をほおばった。

とたんに目を見ひらいた。

ああ！　なんともいえない魅惑的《みわくてき》なあまさと、もちっと心地《ここち》よいやわらかさ。

たんっ！

クンペイは自分でも気づかないうちに、舌《した》をならしていた。

そして、二つ目のだんごも、夢中《むちゅう》であっというまにたいらげた。

「ねえ、あんた、どうしたの？」

とつぜん声がしてふり返《かえ》ると、いつのまにか、クユミが部屋《へや》をのぞいていた。

「あんた、自分の顔、見てみなよ」

クンペイはいわれるまま、窓《まど》の方に顔をむけた。

「あっ……」

そこに映《うつ》ったのは、ダイちゃんたちとおなじようにやつれた顔。

「しらべものしすぎじゃないの？」

めずらしく心配《しんぱい》そうな顔をして、クユミがいった。

そんな二人の足元を、白っぽいなにかが、ココロと部屋《へや》の外へころがっていったのだった。

つぎの日、クンペイはふらふらしながら学校にむかった。

夕べは、つかれのせいでこんな顔になったのだと、早めにベッドにはいったのだが、朝おきても顔はやつれたままだった。しかも、どういうわけか、ひどく気分が落《お》ちこんで元気がでない。

ダイちゃんは、学校を休んでいた。

顔のやつれた子も、さらにふえていた。

しかし、クンペイはそれに気がつくよゆうもない。一日中ぼんやりすごし、学校がおわると、ふらふらと校門にむかった。

「よう、少年」

校門のそばで、番場《ばんば》がニヤニヤしながらまっていた。

「少年がこの学校にかよってるって思いだしてな」

この前の事件《じけん》でバレたのだ。

しかし、クンペイはなにもいわない。

「はぁ……」

ため息《いき》をつきながら、番場《ばんば》を無視《むし》して、とおりすぎようとする。

「なんだ、そのやつれた顔は。おっ、もしかして、あそこのだんごを食べたのか？　あーあ、まったく、人の忠告《ちゅうこく》を最後《さいご》まできかないからだ」

番場《ばんば》はあきれたようにそういうと、とつぜん、クンペイのうでをがしっとつかんだ。

「よし、少年。事件《じけん》を解決《かいけつ》しにいくぞ」

「やめてよ！」

いつもなら、そう抵抗《ていこう》するところだが、今のクンペイにはさからう気力もない。番場《ばんば》にひっぱられるがまま、ふらふらとついていった。

第《だい》八章《しょう》
いざ、対決《たいけつ》

さて、ここは、よもやも児童公園《じどうこうえん》。

その前の通りには、移動販売《いどうはんばい》の白いワゴン車がとまっていて、そばには「舌鼓《したつづみ》」ののぼりがたっている。お客《きゃく》は、低学年《ていがくねん》くらいの女の子が一人。じっとショーケースをのぞいている。

「へえ、おばあちゃんのおつかいだって？　感心《かんしん》だ。じゃあ、おじょうちゃんには、この特別《とくべつ》なだんごをタダであげよう」

「舌鼓《したつづみ》」の店主《てんしゅ》が、だんごのはいったパックをさしだした。そう、串《くし》にささった、二つのおいしそうなだんごを——。

「わあ、ありがとう！」

女の子は、笑顔《えがお》でだんごに手をのばした。

と、そのときだ。

「それをうけとるな！」

一人の男がかけよってきて、だんごのパックをひったくった。

「きゃあ！」

女の子はひめいをあげて、すぐさまにげていく。

「なにをするんですか！」

店主《てんしゅ》がワゴン車からとびだしてきて、その男をにらみつけた。

さて、だんごをうばったこの男の正体は――。

そう、みなさんごぞんじ、番場探偵《ばんばたんてい》。

そして、その後方にひかえているのは、クンペイ少年。少年、はぁ、とますますやつれて元気がない。

番場《ばんば》は店主《てんしゅ》の顔をいちべつし、ふんと鼻《はな》をならした。

「いいか。名探偵《たんてい》のおれには、おまえがこのだんごをつかって、子どもたちのエネルギーをうばっていることなど、すっかりお見通しだ！」

「なにをばかげたことを！」

店主《てんしゅ》もまけずに、ふんと鼻《はな》をならす。

「うちのだんごは、ほんとうに舌鼓《したつづみ》をうつほどおいしいと評判《ひょうばん》なんですよ。いったいどうやったら、そんなことできるっていうんです？」

すると、番場《ばんば》はニヤリと笑《わら》った。

「少年、よく見ておけ」

そういうなり、パックからだんごをとりだすと、すばやく串《くし》からはずした。そして、

「おい、なにする気だ！」

と、あわてる店主《てんしゅ》の口の中におしこんだ。

たんっ！

とたんに店主《てんしゅ》は舌《した》をならし、夢中《むちゅう》でだんごをのみこんだ。と、つぎのしゅんかん、
ぽろん、ぽろん。

店主《てんしゅ》の顔から、二つのほっぺたが落《お》ちたのだ。

「あぁ……」

店主《てんしゅ》は力なく、その場にくずれ落《お》ちた。

と、同時に、ドーン！　となにかが破裂《はれつ》するような音がしたかと思うと、ワゴン車の屋根《やね》につまれていた箱《はこ》の中から、無数《むすう》のほっぺたがとびだしてきた。

そして、そのうちの二つが、あぜんとしているクンペイめがけてとんできて、ぴたっと顔にはりついたのだ。

「よかったな、もどってきて」

番場《ばんば》が、クンペイのほっぺたをつついた。

ハッとわれに返《かえ》ったクンペイは、ワゴン車のサイドミラーをのぞいた。

なんと、もとの顔にもどっている。

「ねえ、なにがおこったの⁉」

仰天《ぎょうてん》してクンペイはたずねた。

すると、番場《ばんば》はあごに手をあてた。

「いいか、少年」

ぐいっと胸《むね》をそらし、とくいげにしゃべりはじめた。

「ほら、ここのだんごは、ほんとうに『舌鼓《したつづみ》をうつ』ほどうまいって評判《ひょうばん》だっただろ。でも、こいつが、子どもたちにタダでわたしていただんごは、それだけじゃない。ほんとうに『ほっぺたが落《お》ちる』ほどうまいだんごでもあったんだ」

ほっぺたが落《お》ちる……。

クンペイはいそいでポケットからノートをとりだした。この前、しらべた慣用句《かんようく》で、とってもおいしいことのたとえだ。

「そんなわけで、ここのだんごを食べたせいで、子どもたちはやつれた顔をしてたんだ。洋品店《ようひんてん》のおばさんが見た、白っぽいボールみたいなものっていうのは、みんなのほっぺただったわけだ」

（そうか、お年よりのゲートボールは関係《かんけい》なかったのか……）

クンペイは、なんだかくやしくなってきた。

「あっ、でも」

ふと、あることが気になった。

「どうして、ほっぺたがここにあつまってたの？」

すると、番場《ばんば》はふたたびニヤリとした。

「少年も知ってるだろう。タダより高い物《もの》はないんだぞ」

「あっ！」

これもこの前、しらべたばかり。無料《むりょう》で物《もの》をもらったりすると、あとからそれ以上《いじょう》の対価《たいか》をはらうことになって、かえって高くつくことだ。

「そっか、お金のかわりにほっぺたを……」

「そうだ、子どもたちは笑顔《えがお》をうばわれたわけだ」

クンペイは、店主《てんしゅ》の方にそっと目をやった。

「ねえ、おじさん、なんでそんなことしたの？」

すると、店主《てんしゅ》はへたりこんだまま、ずずっと鼻《はな》をすすり、ぽつり、ぽつりとしゃべりだした。

「はじめは……はじめは、ほんとうに、子どもたちにだんごのよさを広めたいと思っていたんです……。でも、道ゆく子どもたちの笑顔《えがお》を見ているうちに、自分のつらかった子ども時代《じだい》が思いだされて……。毎日きびしいだんご作りの修業《しゅぎょう》ばかりで、わたしは笑《わら》うことなんてありませんでした……。それで、きゅうに子どもたちのことが、うらやましくなってきて……気づいたらいつのまにか……」

店主《てんしゅ》はぼろぼろと泣《な》きだした。

（ええー、勝手《かって》だなぁ）

クンペイは心の中でつぶやいた。

クンペイだって、毎日クユミにいびられて、いきたくない塾《じゅく》にもかよわされて、それなりに大変《たいへん》なのだ。

ピピーッ。

とつぜん笛《ふえ》の音がして、警察官《けいさつかん》がやってきた。

「そこは駐車禁止《ちゅうしゃきんし》ですよ。この車の持《も》ち主《ぬし》は？」

「ぼくじゃない」

と、クンペイ。

「おれでもない」

と、番場《ばんば》。

「……わたしです」

店主《てんしゅ》はふらふらと立ちあがった。

「よし、いくぞ」

番場《ばんば》はそういって、すたすたと歩きだした。

「あのおじさん、だいじょうぶかな」

クンペイは、警察官《けいさつかん》から注意《ちゅうい》をうけている店主《てんしゅ》の方をふり返《かえ》った。

「心配《しんぱい》するな。情《なさ》けは人のためならずだ」

「あ、それ使《つか》い方まちがってるよ」

すかさず、クンペイはノートをひらいた。

「人に親切にすると、その相手《あいて》のためになるだけでなく、めぐりめぐって、自分にもよい報《むく》いが返《かえ》ってくるって意味《いみ》だから」

すると、番場《ばんば》は、むっと口をとがらせた。

「まあ、とにかく、あいつはもう子どもじゃない、大人なんだ。自分のことは自分でなんとかするさ」

そして、クンペイの肩《かた》をぽんとたたくと、

「ところで、少年」

「なに？」

「名前はなんていうんだ」

「クンペイ」

「よし、クンペイ、今回もおれのあざやかな推理《すいり》にはほれぼれしたろう。いいかげん、おれの助手《じょしゅ》になれ」

「えっ、やだよ！」

クンペイは番場《ばんば》の手をふりはらった。

「わかった、うまいバウムクーヘンをおごってやるぞ。塾《じゅく》のとなりの『穴《あな》』ってところだ」

「いらない！　タダより高い物《もの》はないんでしょ！」

クンペイはいちもくさんにかけだした。


つぎの日、ダイちゃんは晴れ晴れとした顔で登校《とうこう》してきた。ほかの元気がなかった子たちも、顔がふくらんで笑顔《えがお》がもどっている。

「よう、クンペイ！」

ダイちゃんは、クンペイにかけよって、ランドセルをバシッとたたいた。

「よかった、ダイちゃんのほっぺたももどってきたんだ」

クンペイも、ダイちゃんのランドセルをバシッとたたいた。

「ほっぺた？」

「うん、ダイちゃんの元気がなかったのは、『舌鼓《したつづみ》』のだんごを食べたせいだったんだよ」

「だんご……？」

ダイちゃんは、ふしぎそうに首をひねった。

「なにいってんだよ。おれ、だんごなんて食べてないよ。この前、夕飯《ゆうはん》のあとにアイスを一箱《ひとはこ》、一人でぜんぶ食べたら、おなかこわしちゃってさ。それで、しばらく、なんにも食べる気がおこんなかったんだ」

「ええ〜！」

クンペイは全身《ぜんしん》の力がぬけた。

ダイちゃんは、ただの食べすぎだったのだ。まったく、ダイちゃんらしい理由《りゆう》じゃないか。

「あーあ、心配《しんぱい》して、なんかそんしたなあ」

クンペイは、ため息《いき》まじりにつぶやいた。そんなクンペイのとなりで、

「そうだ、今日の給食《きゅうしょく》はカレーだったよなあ！」

ダイちゃんは、うれしそうに、ほっぺたをふくらませるのだった。

エピローグ

さて、ここはコーヒーショップ「穴《あな》」。

「先生、ようやく少年が登場《とうじょう》しましたね」

メガネの女は、テーブルにおかれた原稿《げんこう》をながめながら目を細めた。

その原稿《げんこう》には、ノートをもった少年をしたがえて、犯人《はんにん》をおいつめる探偵《たんてい》のすがたが描《か》かれている。

「なるほど、少年の名前はクーヘンですか。バウム探偵《たんてい》に、助手《じょしゅ》のクーヘン少年。これからは、ずっとこのコンビでいきましょう」

女はそういうと、満足《まんぞく》げにコーヒーをすすった。

しかし、むかいの席《せき》のひょろりとした男は、どうも落《お》ちつかない。そっと原稿《げんこう》から目をそらして、小声でいった。

「いや、まだ助手《じょしゅ》になると決《き》まったわけじゃあ……」

だが、女はきいていない。

「それにしても、町の子どもたちがやつれていた原因《げんいん》が、おいしいバウムクーヘンを食べてほっぺたが落《お》ちたからだなんて、こんなしょうもない事件《じけん》、よく考えられますね」

「いや、まったく、しょうもないだろう。何度《なんど》もいっているように、おれはじっさいの事件《じけん》を元にして――」

「まあ、とにかく！」

男の言葉《ことば》をさえぎるように、女はいった。

「先生にはいい忘《わす》れていましたが、この少年が登場《とうじょう》した回は、読者《どくしゃ》からの評判《ひょうばん》もそこそこよかったですから、先生、ぜひこの調子《ちょうし》で！」

「……ふむ、そうか」

男の口元がかすかにゆるんだ。

「ようやく世間《せけん》も、おれのすごさに気づきはじめたか……」

うれしそうに、ひと口、バウムクーヘンをほおばった。

「よし、わかった。つぎこそ、あの少年を助手《じょしゅ》にする」

男はそういうと、にやけた顔であごに手をあてた。

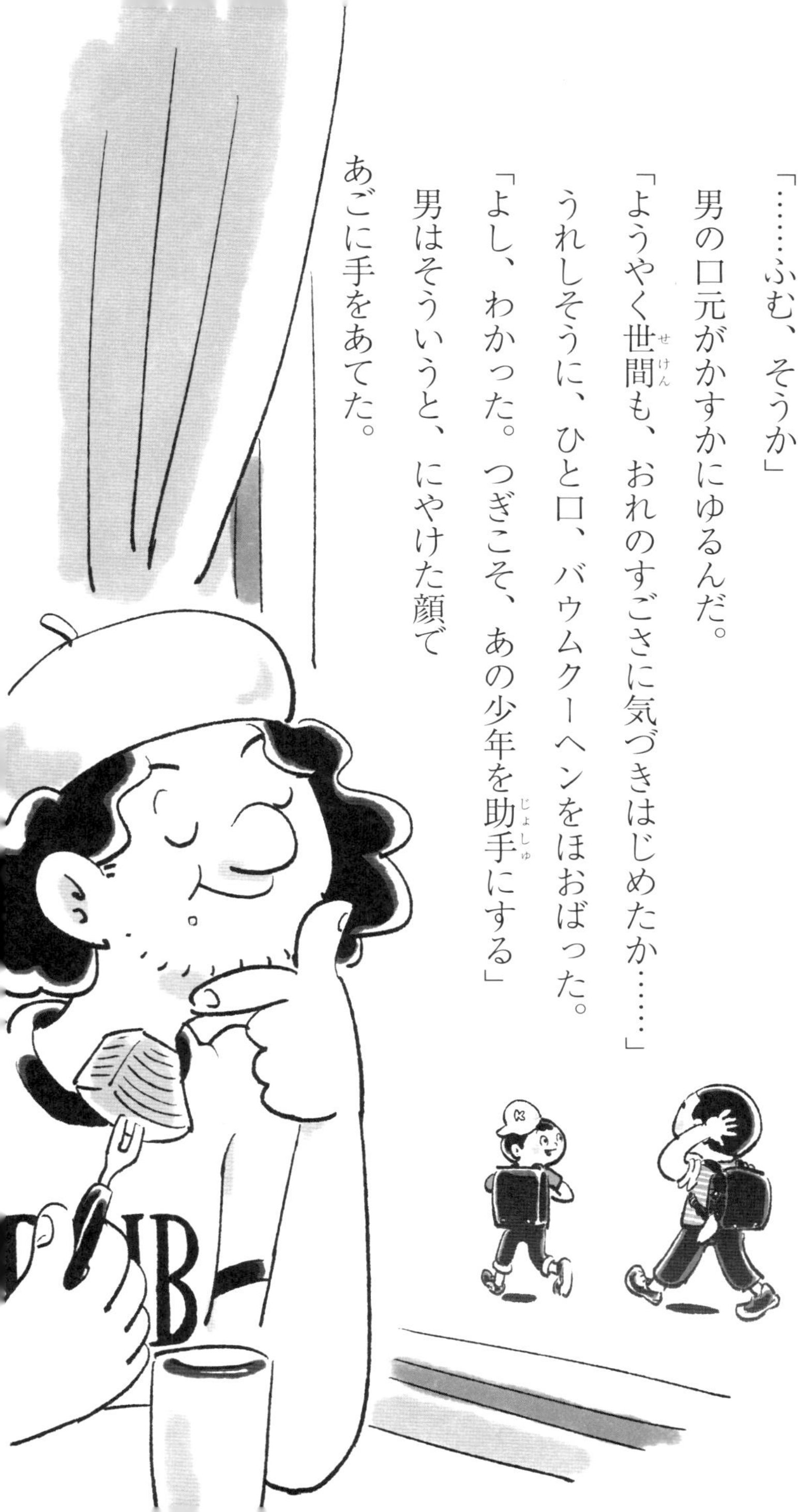

昼田弥子（ひるた みつこ）

1984年、岡山県生まれ。子どもの本専門店メリーゴーランド主催の童話塾で学ぶ。『あさって町のフミオくん』（ブロンズ新社）で第52回日本児童文学者協会新人賞を受賞。『エツコさん』（アリス館）で第70回産経児童出版文化賞フジテレビ賞を受賞。その他の読み物に『コトノハ町はきょうもヘンテコ』（早川世詩男・絵／光村図書）、『うみへいったタマネギちゃんとピーマンちゃん』（姫田真武・絵／佼成出版社）など。絵本は、『かぜがつよいひ』（シゲリカツヒコ・絵／くもん出版）で第29回日本絵本賞を受賞。その他の絵本に『ほんとはスイカ』（高畠那生・絵／ブロンズ新社）、『ノボルくんとフラミンゴのつえ』（高畠純・絵／童心社）がある。

https://hirutamitsuko.amebaownd.com/

クリハラタカシ（くりはら たかし）

1977年、東京都生まれ。マンガ、イラストレーション、絵本、アニメーションを制作。1999年、マンガ「アナホルヒトビト」でデビュー。主な著書に、マンガ『冬のUFO・夏の怪獣【新版】』（ナナロク社）、『余談と怪談』（ヒーローズ）、マンガ絵本『ゲナポッポ』（白泉社）、『きょうのコロンペク コロンペクの1しゅうかん』（福音館書店）、絵本『ハッピーボギー』（あかね書房）、『とおくにいるからだよ』（教育画劇）、『こうえん』（偕成社）、『ミスター・ソフティークリーミー まちをゆく』（佼成出版社）、『100ねんごもまたあした』（瀬尾まいこ・作／岩崎書店）など。絵を担当した児童書に、『レディオワン』（斉藤倫・作／光村図書出版）、『プンスカジャム』（くどうれいん・作／福音館書店）などがある。

http://kuriharatakashi.o.oo7.jp/

クンペイの探偵ノート・2
ことわざで謎をとけ！

2024年11月20日　初版発行

作　昼田弥子
絵　クリハラタカシ
発行者　岡本光晴
発行所　株式会社あかね書房
〒101-0065
東京都千代田区西神田3-2-1
電話 03-3263-0641（営業）
03-3263-0644（編集）

印刷　錦明印刷株式会社
製本　株式会社ブックアート

ブックデザイン　わたなべひろこ
編集協力　金田妙

ISBN978-4-251-09102-4
NDC913　95p　21㎝×16㎝

NOTEBOOK
丸森クンペイ